KB270760

문학과지성 시인선 245

발자국들이 남긴 길

고창환 시집

문학과지성 시인선 245
발자국들이 남긴 길

초판발행 / 2000년 7월 5일
2쇄발행 / 2000년 12월 18일

지은이 / 고창환
펴낸이 / 채호기
펴낸곳 / ㈜**문학과지성사**
등록번호 / 제10-918호(1993. 12. 16)

서울 마포구 서교동 363-12호 무원빌딩(121-838)
편집: 338)7224~5 FAX 323)4180
영업: 338)7222~3 FAX 338)7221
홈페이지/ www.moonji.com

ⓒ 고창환, 2000. Printed in Seoul, Korea
ISBN 89-320-1179-6

값 5,000원

문학과지성 시인선 245

발자국들이 남긴 길

고창환

2000

시인의 말

10년이 넘어도 어떤 상처는
느닷없이 펄떡인다.
평범하지만 착한 삶을 살다 간
나의 형에게 이 시집을 바친다.

2000년 7월
고창환

차 례

▨ 시인의 말

길 / 7
공우 아파트 / 8
부푼 지문 / 10
타워 크레인 / 12
매봉에 올라 / 14
발자국들 / 16
우체통이 있는 거리 / 18
오월 / 19
대포항 근황 / 20
선원사지 가는 길 / 22
균열 / 24
거미가 걷는다 / 25
빙어에 대한 기억 / 26
晩鐘 / 28
미사 보는 날 / 29
수선화 / 30
태풍이 오기 전 / 31
낡은 의자의 추억 / 32
길, / 33
작업 / 34
강화 기행 / 36

歸家 / 37

스위치는 알고 있다 / 38

신상리 가구 공단 / 39

노을 / 40

국도 42번 / 41

분갈이 / 42

집 / 44

立春 / 46

박제된 새는 / 48

여름 밤 / 49

길. / 50

양재동, 오전 10시 / 52

夜景 / 54

장마 / 55

토종닭 / 56

푸른 저녁 / 58

옛 집터 / 60

흙 / 61

산수유 지는 날 / 62

비 그친 오후 / 63

전신주 / 64

선인장 / 66

내 동료 K 선생 / 67

落果 / 68

트레일러에게 바란다 / 69

雨期 / 70

창고 / 72

늦여름의 길목 / 74

담 / 76

枯木 / 78

낙타의 길 / 80

移葬 / 82

오래된 것들은 / 84

못을 박으며 / 86

영안실에서 / 87

휴일 / 88

상동 시장 지나며 / 89

손풍금 / 90

물푸레나무의 귀 / 92

나에겐 아직 / 93

의정부행 1호선 / 94

복락 교회 / 96

6시 10분 버스 / 98

凝視 / 100

해설 · 소멸 곧 생성의 길 · 정과리 / 101

길

창틀 구석마다
먼지가 쌓여·있다
먼지 속은 따스하고
애벌레 같은
한 무더기의 꿈이 자란다
속으로 움츠린 것들은
겹겹의 주름으로
더 이상 채울 것이 없다

길은 언제나
살갗을 파고든다

공우 아파트

공우 아파트, 봄비에 젖는다
재개발 딱지가 떠도는 지상에서의 한때
벗겨진 페인트가 봄비에 젖는다
살아서 아름다웠던 것들은
화려하고 쓸쓸한 落日의 기억을 갖고 있나니
공우 아파트, 봄비에 젖는다
추적추적 봄비에 후줄근히 젖는다

수많은 날들이 흙탕물처럼 흘러갔다
닳고 닳은 모서리마다 검은 구름이 걸려 있다
신발을 끌며 사내들은 좁은 문으로 사라지고
젖은 발자국이 그들의 삶을 뒤따라간다
낡아버린 그들의 삶은
녹슨 철근처럼 뜯겨나갈 것이다
자꾸 벌어지는 세월의 틈새로
주먹만한 꿈들이 빠져나가버린 뒤

공우 아파트, 봄비에 젖는다
삶을 뿌리째 흔들고 싶은 사내들
낮술에 취해 고래고래 소리지르고

흉흉한 소문이 낡은 난간마다 삐걱거린다
더 어두운 추억의 날들이 시작되리라고
공우 아파트, 봄비에 젖는다
말없이 봄비에 후줄근히 젖는다

부푼 지문

지하도 입구, 그 사내
엎드려 두 손을 내밀고 있다
때 절고 부풀어 알아보지 못할 손
몇 개의 동전이 반짝 빛난다
살아온 동안 사내는 물론
자신의 이름조차 가물거릴 때 많았겠지만
사내의 거친 손, 부푼 지문이
축축한 공기 속에 찍혀 있다

지우지 못할 그만의 삶에 대해
아무도 기억해주지 않겠지만
그의 버려진 삶에 대해
사람들이 밟고 가는 저 부푼 지문에 대해
질척거리는 생각이 잠시 머문다
비 오는 지하도 입구

사내가 어느 낯선 거리에서
그의 마지막 남은 영혼을 던져버린다 해도
지문은 남아 그의 생을 기록할 것이다
영혼은 저물어가는 공기처럼 가볍게

떠나갈지라도 지문은 남아
그의 지나간 삶을 남김없이 들춰낼 것이다
살아생전 사내는 얼마나 많은
날들을 자신을 부정하는 일에 바쳐왔을까
지문은 보름달처럼 부풀어
한 사내의 누추했던 영혼에 대해 말할 것이다
사내의 두 손은 검은 때로 얼룩졌지만
지문은 남아
그의 전생애를 기억해낼 것이다

죽어서도 지울 수 없는
지문은 죽어서야 선명해진다

타워 크레인

그의 각진 상체를 보고 있노라면
외로움이나 그리움으로 맞물려 도는
톱니바퀴의 세상을 떠올리곤 한다
그가 품고 있는 먼지와
함바집과 철재와 레미콘의 삶이
얼기설기 엮인 뼈대로 일어서는 동안
그의 행보는, 느리지만 정직하였다
멀리선 보이지 않는
그의 발 밑에서 이루어지는 모든 일
우직하게 다스려왔던 가슴 깊은 상처까지도
그를 따라 천천히 각도를 바꿀 때
삶은 견딜 만한 노동과 같은 것일까
분주한 발걸음들이 잔기침을 뱉어내는
늦가을 오후, 어느새 훌쩍 커버린 아이들처럼
마을 어귀 건물이 높아져 있다
그의 정신이 쓸쓸함으로 비워지는 동안
철골과 시멘트로 채워진 세상
홀로 버텨온 나날이 잡풀처럼 거칠다

그의 몸을 천천히 빠져나간 바람이

한바탕 거리에 낙엽을 흩뿌린다
이루었으나 이룬 것 없는
모든 일을 남겨두고 떠나야 하리라 언젠간,
뿌리째 거두어간 흔적만 남으리라

매봉에 올라

매봉에 올라 지는 해를 본다
지는 해는 남루하고
헐거워진 길을 남겨놓는다
황사에 시달리던
뿌연 하늘 속으로 새들이 돌아온다
앙상한 나무들은 생각에 잠겨
발 아래 지붕들을 물끄러미 바라본다
세상이 쓸쓸히 바뀌어가는 모습을
말없는 바위가 내려다본다
귀퉁이가 지워진 아파트 너머
희미한 노을이 번진다

노을이 지는 어디선가 좁은 창문을 열고
사람들은 매봉을 바라보리라
매봉이 한 마리 검은 새처럼
날개를 접는 시간
입간판들이 흔들리고
조금씩 거칠어지는 거리의 모퉁이에서
사람들은 고개 들어 바라보리라
가늘어지는 빛살처럼

몇 장의 꿈들을 접으리라
매봉의 눈과 부리와 깃털이 지워져갈 때
사람들은 매봉을 가슴에 들여놓고
저녁 식탁에 둘러앉으리라

세상의 빈틈이 메우어지고
그 사이로 강물 같은 바람이 흘러간다

발자국들

수백만 년 전 화석에 찍혀 있다는
두 쌍의 발자국
화산재 채 굳지 않은 그 길을
그들은 어디로 걸어가고 있었을까
그 후로 얼마나 많은 발자국들이
낯선 길을 따라 떠돌았을까

발자국들이 시름의 흔적이며
자욱한 먼지의 기억에 시달리고 있음을
나는 안다 깊은 밤 발자국들은
수런거리며 사람의 가슴에서 깨어난다
그것들은 때로 그리움이거나
격렬한 통증으로 마음을 돌아다닌다
발자국들은 가끔 중얼거릴 때도
있다 귀기울이면
뜨거운 입김을 불어넣기도 한다
얼마나 많은 물렁물렁한 발자국들이
단단하게 굳어갔던가
흉터처럼 불거진 발자국들
지나간 영혼의 길목마다

화인처럼 화끈거리던 추억의 문장들
바람이 불고 어두워지면
발자국들은 덜그럭거리며 몰려다닌다

우체통이 있는 거리

정류장 옆 우체통에 한 사내가
두툼한 편지를 넣는다
저물어가는 아파트 입구
버스를 기다리며 우체통을 바라본다
자주 서성였고 지나치던 길이지만
낯설게 우체통에 기대 서본다
차가운 기다림이 손바닥에 번진다
그렇게 홀로 무엇을 견딘다는 것이
먼 기억처럼 가슴을 저민다
우체통의 붉은 입술을 건드려본다
한없는 망설임의 젊은 날들이
누구에게도 들추지 못할 날들이
한꺼번에 몰려나와 거리에 깔린다
말없이 우체통에 기대 서본다
지나간 말들이 흘러가고 흘러온다

오월

바람이 지날 때마다 눈이 부시다 잎이 넓은 나무들
세상의 그늘을 가려주지 못하고 나지막이 엎드린 가난
위에서도 반짝거리는 나뭇잎 착한 이웃들의 웃음처럼
환한 잇몸을 드러내며 햇살이 쏟아진다 사람의 흔적이
자목련 향기처럼 아름답다 숲을 떠난 꽃씨들이 큰길까
지 날리고 나른한 향수에 풀린 마을을 내다본다 골목
길을 따라 풍선마냥 가벼운 마음들이 들락거린다 자주
꺾이는 바람도 세상살이가 조금씩 눈에 보일 쯤이면
바로 펼 수 있을까 마주치는 세상의 모퉁이마다 큰 바
퀴가 지나고 마른 돌가루가 날릴지라도 손바닥을 펴서
햇살을 받는다 사는 날까진 기다릴 것이 남아 있는가
오랜 희망을 다시 짚어보듯 푸른 소리를 실어나르는
송전탑을 향해 귀를 세운다

대포항 근황

청봉보다 높은 파도가 허리를 편다
발이 묶인 목선이 목을 빼고 바라보는
설악은 가을비에 맨몸으로 잠겨 있다
긴 여행에서 돌아와 정박중인 갈매기들이
저녁 하늘에 부리를 꽂고
끼룩끼룩 부푼 모험담을 풀어놓는데
횟집 좌판에선 비린 바람이 뼈째 썰린다
여기 퍼질러 앉아 쥐치나 씹으며
막소주 한 사발에 취해볼거나
할말이 많은 듯 입술을 들썩이는
불빛 몇 개가 바다로 떨어진다
막무가내 파도는 삼킬 것을 찾아
빗발에 젖은 목젖을 세우지만
오늘은 횟감처럼 가련한 삶에 지친
사람들이 모여드는 대포항 저물 무렵
청봉은 말없이 뿌리까지 젖는다
빗발은 미시령에서 폭설로 차오르고
희뿌연 늦가을 설악이 지워질 듯
어둠이 바다에서 느리게 걸어온다
이제 산길 뱃길 모든 소식이 끊기고 나면

모두가 한 마리 갈매기를 꿈꾸며
얼큰해진 날개라도 구깃구깃 펼 것인가
청봉이 취하고 바다가 취하고 만취한 대포항이
건들건들 파도에 흔들릴 때까지
퍼질러 앉아 길 뚫릴 날이나 기다릴거나
설악이라도 삼킬 듯 파도가 높다

선원사지* 가는 길

밀물 때에 맞춰 빈 몸을 풀어놓은 낡은 목선이 기우
뚱거린다 비포장 아득한 길에 울퉁불퉁 일어서는 먼지
낀 햇살 이쯤에서 장어를 굽고 약술 몇 잔에 얼큰해진
사내들이 거친 입담을 늘어놓는다 수레로 등짐으로 먼
짓길 수백 리, 선원사에 가지 않아도 알 수 있으리 칼
끝으로 일어서는 나뭇결의 기원이 초가을 단풍에 서리
서리 물든 곳, 수문을 열고 바닷물이 빠져나간다 빈
갯벌에 앉아 부리를 닦는 여윈 물새 한 마리 지워지는
뱃길마다 나라의 근심이 쌓이고 굳은살 딱딱해진 세월
의 마디가 검은 물결에 수직으로 일어선다

애기봉 걸터앉은 뭉게구름이 문득 한숨에 젖는다
이 길에서 내다보면 조각난 세월 얼기설기 엮은 허리
가 끊어질 듯 위험하다 뭉툭한 손톱에 일던 생나무 향
기가 바람으로 몰려와 서늘히 이어줄까 그러나 막상
이 길의 끝엔 빈터에 지는 노을이 가슴을 짚는다 물새
들이 한 움큼 물고 가는 풍문 같은 소식들, 잊혀진 이
름들이 갓길로 흩어진다 늙은 나무들만 오래된 기억을
더듬어 주름진 팔목을 간간이 흔들 뿐, 김포나 인천으
로 길은 말없이 꼬리를 감추고 적막한 세상이 무거워

질 때, 우지끈 일어서는 나무들의 함성을 쫑긋 귀를
세우고 기다려본다

　＊ 강화 초입에 있는 팔만 대장경 판각지

균열

몇 마리 개미들이 빠져나온다
세월이 부식시킨 틈새
헐거워진 시멘트와 철근이 갈라서고
오래 다물었던
소리들이 빠져나온다
완강한 것들은 그 무엇도
품지 못한다 비로소 숨쉬는 것들은
참으로 오래 견뎌온 것들이다
저 좁은 틈새마다
집들이 들어서고 해와 달이 뜨고
오래 삭은 냄새들이 굳어간다
벌어져가는
상처만이 따뜻하게 모든 것을 품는다

거미가 걷는다

몸 속을 빠져나온 길을 걷는다
제 몸 속에 엉켜 있던 풀리지 않는 길
조금씩 비워낸 꿈들이
길을 만들고 출렁이는 마음의 이정표를 세운다
그늘 속을 배회하는 공기의 틈새로
펼쳐진 길들이 둥글게 말린다
나뭇잎에서 나뭇잎까지
길의 뿌리는 수맥까지 닿아 있다
몸 밖으로 걷는다 목구멍까지 차오른
뜨거운 말들을 조금씩 뽑아낸다
세상이 끌어당긴 팽팽한 저 길들은 위험하다

몸을 열어서 뱉어낸 길
먼지와 햇빛과 그늘진 바람이 걷는다

빙어에 대한 기억

　조교리 눈 덮인 계곡 빙어를 생각한다 그 투명한 몸
이 푸득거리는 소리 기억이란 믿을 만한 것이 못 되고
자주 끊기는 필름 같은 것이지만 이상도 하지 그 움직
임이나 빛깔보다 먼저 소리를 떠올린다 소리도 기억이
될 수 있는 것인가 어떤 기억은 문신처럼 또렷해서 상
처나 기쁨이 되기도 하지만 나는 때때로 기억나는 것
에 대한 확신이 없다 빙어는 푸득거리는 걸까 그 소리
를 마땅히 말할 수 없으므로 갑자기 불안해진다

　한겨울 조교리는 거대한 무덤과 같다 그러나 나의
기억은 이미 그런 것이 아니다 소양댐 수몰 지역 기울
어진 나무들이 물결에 쓸리는 조교리 가는 뱃길 무리
지어 바람이 몰려다니고 동력선 터덜거리는 뱃전으로
낡은 사진첩을 들추어보듯 빛 바랜 풍경이 한 장씩 넘
어간다 이런 여행이란 언제나 세상의 바깥을 걷는 느
낌을 주는 걸까 모든 밀려나 있는 것들은 쓸쓸한 법이
다 그러나 조교리는 깊어져 있을 뿐, 그것을 안식이라
말해도 무방하리라 물 밑으로 흐르는 나무들의 겨울잠
한 떼의 빙어가 틀림없이 그 뿌리를 흔들었으리라 침
묵이란 긴 겨울잠과 같은 것 눈이 녹고 결빙의 세월이

풀리면 세상은 소란스러워지는 것이다 빙어는 푸득거
린다 그 소리를 마땅히 말할 수 없지만 언젠가는 기다
리던 봄이 올 것이다

晩鐘

호박엿 파는 젊은 부부
외진 길가에 손수레 세워놓고
열심히 호박엿 자른다
사는 사람 아무도 없는데
어쩌자고 자꾸 잘라내는 것일까
그을린 사내 얼굴
타다 만 저 들판 닮았다
한솥 가득 끓어올랐을 엿빛으로
어린 아내의 볼 달아오른다
잘려나간 엿처럼 지나간 세월
끈적거리며 달라붙는다
그들이 꿈꿔왔을
호박엿보다 단단한 삶의 조각들
삐걱이는 손수레 위 수북이 쌓인다
지나가는 사람 하나 없는데
그들이 잘라내는 적막한 꿈들
챙강대는 가위 소리
저녁 공기 틈새로 둥글게 퍼진다

미사 보는 날

성당의 불빛이 켜지고
마을 사람들 하나 둘 긴 그림자를 끌며 온다
큰 쥐 한 마리 성당 앞마당을 가로지를 때
종소리가 울렸을까, 두런거리며 나뭇잎이
온갖 소문을 쉬지 않고 내뱉는다
어두워가는 지상에선 바람 냄새가 묻어난다
성모 마리아, 마당에 꿇어앉아
잠시 축축한 삶을 펼쳐놓는 아낙네들
삶은 길고 고단한 꿈이었다
미망의 옅은 바람 속을 나뭇잎이 바스락거린다
성당은 살찐 쥐들을 키우고
금요일 저녁, 낮잠에서 깨어난 나무들
웅성웅성 사람들의 발자국을 따라 걷는다
언뜻 공기의 푸른 틈새로 빠져나오는 저것은
이른 별빛일까, 이제 곧 미사가 시작되리라
성당의 불빛 속으로 마을 사람들이 모여든다
그림자마다 비릿한 삶의 냄새가 묻어난다
낮고 굵은 노랫소리 앞마당에 깔리고
깊은 눈동자처럼 밤하늘엔 별빛이,
나무들 불빛 속으로 어른어른 흔들린다

수선화

철조망 너머 비가 내린다
젖은 현수막 늘어진 축축한 세상
기어코 빠져나가지 못할
경계마다 날카로운 꿈들이 곤두선다
저 빗줄기처럼 살 수 없을까
한번 내리꽂히면 되돌리지 못할 투신
부글거리는 내부 모두 쏟아내고
한세상 건너지 못할까
차마 볼 수 없구나
오들오들 떨고 있는 한 떨기 수선화

태풍이 오기 전

이 저녁은 모두 겸허해질 일이다
남도 너른 벌엔 큰 바람이 불고 미친 듯 바다는
낡은 목선을 삼키고 있단다 이 저녁의 평화가
다만 이 땅에 드리운 한 순간의 은전임을
모두 묵묵히 받아들일 일이다
발바닥을 간지럽히는 어떤 조짐들도
사람이 막지 못할 집중 호우와 같은 것
큰물이 지고 방주 하나 마련치 못했더라도
두려워할 일은 아니다
가족들과 모여 앉아 옷깃을 풀어놓으면
앞니 빠진 내 아이의 어눌한 말투처럼
우린 이내 아늑해지리니
함께 유행가라도 큰 소리로 합창하며
이 저녁은 모두 아내의 허벅지를 베고 누울 일이다
조금씩 덜컹거리는 창밖에 귀기울여
눅눅한 소식이라도 건져올릴 양이면
그 중 상처 없는 따듯한 풍문 몇 개
이 저녁의 식탁에 풀어놓을 일이다
남도 너른 벌엔 큰 바람이 불고 미친 듯 바다는
낡은 목선을 삼키고 있단다
이 저녁은 모두 겸허해질 일이다

낡은 의자의 추억

　지금은 삐걱거리는 뼈대를 추스리기도 힘겹지만 누군들 한때의 아름다운 영혼을 가진 적이 없을까 척추 사이로 흐르는 기름때 같은 세월 속에선 풀린 나사를 아무리 조여도 결코 돌아갈 수 없는 시간이 나는 감히 그리움이라 말할 수 있다 사람이 떠난 자리엔 한 무더기의 기억만이 잡풀처럼 거칠다 두드린다고 어긋난 세월을 맞출 수 있는가 분주했던 바퀴들이 구르기를 멈추듯 휴식은 언제나 삶의 끝에서 온다 나른한 햇살이 졸린 듯 꾸벅거리는 창가에선 모든 것이 정맥처럼 비쳐 보이고 지나간 시간들도 맑은 강물처럼 주위를 흘러간다 이젠 아무도 떠나보내지 않으리 사람이 떠난 자리엔 낡은 기억만 자랄 뿐이다 그대가 조이고 두드리는 세월이 미끈거리며 손끝을 빠져나갈지라도 우리가 함께 늙는 것은 평화롭다

길,

이끼 낀 수초 사이
몇 마리 수마트라가 빠져나온다
수없이 되밟아 걸었을 길
이끼는 유리벽에도 달라붙어 있다
둥근 기포가 올라온다
수면 위엔 한 점의 구름도 없다
발자국 위에 찍힌 발자국이
부글거린다 썩어가는 내부의 길이다
자신의 똥과 살비듬들이 더럽혀놓은 생
그것을 어쩌지 못해
온몸으로 꼬리를 젓는 길

숨쉬는 일도 길을 걷는 것이다

작업

그의 꿈은 이제 나뭇결처럼 분명하다
지난날 그가 가벼이 여겼던
모든 것이 이제 산울림으로 되돌아온다
그가 짜 맞추는 문짝과 나무들의 모서리
거칠고 딱딱한 손끝이 닿는 곳마다
삶은 조금씩 얼비치기도 하지만
오후의 노동이란 얼마나 지루한가
망치질마다 그가 힘주어 두드리는 건
지난날의 열망과 추억뿐이 아니다
어수선한 삶의 무게가 버겁다고 느낄 때
그는 가끔 손가락을 짓찧는다
이제 그의 손에 남은 흉터란
오래 견뎌온 생활에 다름아닌 것,
귓등에 꽂은 담배꽁초가 그의 남은 생을 증명하듯
삶은 문짝의 모서리처럼 짜 맞출 수 없었다고
그는 애써 바람을 외면한다
주름진 것들은 익숙한 골을 만든다
이제 그의 일손은 묵묵히 흐르는 강물과 같다
흩날리는 머리카락이 거추장스러운

늦겨울 오후, 깎여나간 나무의 살갗이
마른기침 속으로 흩어진다

강화 기행
—삼별초의 땅

다리 앞 검문소에서 얼핏 그들을 본 듯도 하다 긴 다리를 지나는 동안 갯벌에 걸린 검은 물고기들 투박한 이름을 애써 떠올렸지만, 그들이 내내 그림자처럼 따라다녔다 차창 밖으로 늙어가는 나무들이 일렬로 표정 없이 두 팔을 흔들고 마니산 입구를 지날 때까지 바람은 발목 근처에서 머물다 꺾이곤 했다 떠나야 할 모든 것들은 이미 어둡기 전에 수평선을 넘어갔다 淨水寺에 올라 거친 시야를 아무리 깎아도 다듬어지지 않는 먼 도시의 시든 어깨가 보이고, 인천일까 생각했지만 그리움이란 겪어온 세월보다 터무니없이 부푸는 것, 그들은 끝내 떠나지 못했다 진도나 제주로 가는 뱃길이 갯벌 사이로 그려질 수 있는 것인지 바다는 투명하지 않으며 어둠은 빠르게 밀려온다 아직 조준을 풀지 않은 매서운 눈빛이 부서져내릴 때, 흔들리는 것은 꺾이지 않는 뼈마디뿐, 봉두난발 세월의 한 자락이 펄럭일지라도 별빛은 변함없이 구겨져내리고 단검의 날처럼 빛나기도 하는데, 뼈와 뼈를 굽이치며 흐르는 저 바다는 무엇인가 다시 바람이 바다의 한끝을 물고 돌아오는 길목, 끼룩거리며 이루 말할 수 없는 사연을 강화가 묻는다

歸家

무너지는 것들은 이 저녁에
통증도 없이 한 무더기의 추억을 쌓는다

철거된 시멘트 잔해
한 사내가 뒤돌아 오줌을 눈다
흘깃거리며 지나가는 불빛 사이
힘겹게 끌고 가던 긴 그림자들이
비어져나온 철근에 걸려 너덜거린다

좌판 위 토막난 생선
퀭한 눈동자가 먼지 속에 뚫려 있다
매달린 간판들이 삐걱거린다

발자국들의 기억은 끈질기다
약국 속 진열장엔
가지런한 불빛들이 웅성거린다
낡은 스피커가 끊임없이 뱉어내는
허름하고 지직거리는 삶
어두운 길목마다 바람이 빠져나온다

스위치는 알고 있다

한때는 내 것이었던
들뜬 밤들은 모두 지나갔느니
아무도 모른다 나를 거쳐간
그 모든 순간들

컴퓨터를 켠다
얼룩진 스위치가 딸깍거린다
그 순간 검은 구멍을 통과하는 것들
내 삶의 가벼움과
더러워진 발자국들이 하나 둘 드러난다
왜 침묵만이 오래 기억되는지
저 스위치는 알고 있다
저장된 시간들은 조금씩 물컹거리고
깊고 환한 내부의 어디선가
꿈틀거리는 이름들
무수히 지워버린 몹쓸 꿈의 조각들이
발자국도 없이 떠돌아다니리
스위치의 혈관을 따라
좁은 통로가 매달려 있다
밀폐된 기억의 숲으로 열린 단 하나의 길
숨쉬지 않는 기억은
말라버린 무성한 뿌리를 갖고 있다

신상리 가구 공단

하루에 두 번 이 길 건넌다
논길 건너 신도시와 부개 택지 개발 지구 사이
고층 아파트 하루가 다르게 자라도
잊혀지고 버려진 것들 여기 모두 모여 산다
안경알 같은 유리창들 반짝거릴 때
뿌연 햇빛 사이 그늘이 깊어진다
강물이 변함없듯 여기에 오면
변해야 할 것들이 변하지 않아 안심되고
변해야 할 것들이 변하지 않아 불안하다
먼지 뒤집어쓴 미닫이 유리문 안
팔리지 않는 추억이 연중 무휴 세일을 하고
멈춰선 시침과 분침 사이
희미한 간판의 떨어진 글자들이 박혀 있다
내몰린 흙벽집이 땅속으로 파고들 때
천막 친 공장의 어둠이 햇빛을 끌어내린다
키 작은 굴뚝들이 꾸역꾸역 연기를 내뿜는
적막한 오후, 뒷골목 앙상한 나무들은
때 절은 세월을 껴안고 낮잠에 빠져든다
기울어가는 신상리 해가 저물면
사람들은 문을 닫고 바람을 잠재운다

노을

주름진 옷처럼 구름이 걸려 있다
저 구름 밑으로 사십 년을 걸어온 사내
그의 팔다리에 주렁주렁 매달린
녹슨 덫, 헝클어진 머리카락이 증명하는
그의 삶은 낡은 것이다
단단한 길은 쉽게 발바닥을 길들이고
하수구를 빠져나온 입김은 여전히 따뜻하다
그 길을 아직도 걷고 있는 사내
그가 기억하는 발자국들은
먼지에 덮여 낯선 마을을 떠돈다
살얼음 진 바람이 사각사각 몰려간다
넓은 유리창들이 불빛 몇 장을 뱉어낸다
불빛의 틈새로 그의 긴 그림자가
앙상한 나무처럼 흔들린다 그 어둠이 증명하는
그의 삶은 버려진 것이다
노을이 적시는 한 무더기 구름
뒤돌아보면 검은 길이 입을 벌리고 있다

국도 42번

이 길을 지나온 것 같다
누군가 보내버린 한 생애의 저녁
길이 길을 먹어치우고
보이지 않는 사람의 지붕에서
떠나는 것들만이
온몸을 비틀며 숲을 건넌다
누군가의 그 생애를 거슬러 가고 싶다
흐린 하늘을 짊어진
길이 또다시 허리를 꺾는다
꼬불꼬불 세상의 내부로 저물어가는
길 끝에 걸린 노간주나무숲
뒤돌아보면 잘려진 길이 꿈틀거린다
느릿느릿 어둠 속으로
기어들어가는
이 길을 언젠가 건너온 것 같다
다시는 돌아가지 못할
깊고 어두운 강을 이미 건너온 것 같다

분갈이

아버지의 굽은 등이 학처럼 길어서
좀처럼 펴질 것 같지 않다
세월의 푸른 그늘이 깊어갈수록
아버지는 아무것도 버리지 못했다
움켜쥔 것들을 문득 펼쳐보았을 때,
빈 손바닥의 손금을 타고 흐르는 햇살의 강
감자를 캐듯 뿌리가 없는 것들을 일궈왔구나
거두지 못한 생각들이 비쳐 보인다

마른 흙을 고르며 뿌리를 옮겨 심는
아버지의 분갈이, 젖은 발목을 내리고 싶어하던
오랜 희망들을 다시 짚어본다
언제나 마른 흙을 들추어보면
뿌리내리지 못한 삶이 푸석푸석 일어나고
수없이 많은 땅을 옮겨 다니시며 아버지
왜 자꾸 어린 나무를 사들이셨을까
어디에서나 햇살은 넓게 퍼지지만
조선국화처럼 환히 피어날
그리운 땅은 아득히 멀기만 하다

이제 그만, 아버지
뿌리를 내려야죠 잎이 시들고
휘어진 줄기가 고개를 꺾어도
고집스레 기다릴 수 있는 튼튼한 뿌리를

가을 햇살이 아버지의 굽은 등에
깊은 도랑을 지으며 흘러내린다
눈물샘에 갇혀 흐르지 못한 강물이
마른 발자국을 소금기처럼 드러내고 있다
어느 따뜻한 오후,
잔뿌리마다 맺힌 근심을
아버지는 조심스레 털어내고 있다

집

1

하얗고 작은
벌레들이 자꾸 기어나온다
꿈틀꿈틀 흰 벽을 타고 오른다
얼룩진 형광등 그늘
눈부신 듯 헛디뎌 떨어지곤 한다

2

해거름이면
좁은 골목의 소음들이 스며들곤 했었다
묵은 곰팡내 떠다니고
늘 희미한 어둠이
찢어진 장판 틈새로 비어져나왔다
한 줄기 햇살이 비추는 먼지 기둥
외부의 공기들만이 그 속에서 숨쉬는 방

오래된 서까래엔
늙은 쥐들이 사각거리고
말없이 웅크려 앉으면
겉옷 같은 어둠이 온몸을 감싸던 집

3

소파를 들춰낸다
구석에 박힌 썩은 밤 한 알

立春

1

가끔은 땅 밑까지 상상력을 넓힌다
뿌리들이 악수를 나누며 사는 뿌리들의 세상
그들이 먼저 깨서 강물을 이루고
더 깊은 통로를 찾아 맑은 더듬이를 세운다
누가 말하지 않아도 곳곳에서 문을 여는
땅 밑으로 가끔은 키를 낮춘다

2

안개가 흩어지고 바람이 분다
서늘한 아침이 길의 끝에 서 있다
바람이 잔잔해지고 안개가 마르면
지하철 공사장 철근 사이로
묵은 먼지를 털 듯 종소리가 울린다
자, 시작해야지 첫 출근의 길목처럼
햇살의 결의가 푸르른 아침
포크레인이 파헤친 세상이 소란스럽다

3

남동풍이거나 동남풍이거나

아무려면 어떠랴 목을 빼고 바라보던
은사시나무 젖은 어깨가 일제히 흔들린다
노을이 지고 어두워지면
집집마다 두런거리는 불빛들이 환하다

박제된 새는

날개를 펼친 저것은 새가 아니다
시커먼 그림자로 유리창에 달라붙은 깃털
그의 내부에 펼쳐진
썩지 않는 추억은 이미 길이 아니다
단 한 발자국도 내딛지 못할
앙상하고 단단한 발목이 못박혀 있다
영원히 접을 수 없는 저 날개는 날개가 아니다
날카로운 공기의 울림을 기억하는
그러나 저것은 폐쇄된 길의 흔적이다

수많은 인기척이 서성거렸지만
저녁의 희미한 종소리가 등줄기에 얹힌다
그 가벼운 무게가 움찔거리게 했을까
세상 모든 것이 지상으로 내려앉는 시간
긴 기다림이 굳혀버린
목덜미의 검은 깃털이 가늘게 떨린다
저것은 유리창에 달라붙은 또 하나의 그림자일까
날개의 한쪽이 조금씩 지워진다
부리는 지상을 향해 매달려 있다

여름 밤

굳은 식빵을 씹으며 바라본다

밤하늘
어린 별빛이 돋아나고
별들과 별들이 엇갈려 지나가고
멀어져가리

마음이 닿지 못한 곳
마음이 지는 자리에 몸이 걸린다

창살 가득 어른거리는
하루살이여
하루만 살다 죽어갈 삶이여
하루도 살지 못하고 죽은 삶이여

길.

그의 길은 깨진 보도 블록 사이에 있다
부스러진 빵 조각을 움켜쥐는 더러운 손에
너덜거리는 외투 속에 있다 사람들이 비껴가는
그 지저분한 틈새에 박혀 있다
마른 바람이 툭툭 치고 지나가는
엉킨 머리카락 단단한 얼음 알갱이에 숨어 있다

시커먼 엄지발톱이 기억하는
그는 결코 미친 사내가 아니었다
후미진 지하도 구석에 웅크린 그의 낡은 그림자
악취를 풍기는 삶이란
어디에든 구겨진 길을 흘리게 마련이다

떠다니는 영혼이 기억하지 못할
한때는 그의 길도 뜨거운 삶을 관통했을지 모른다
낯선 모퉁이에서 머뭇거릴 때도
밥짓는 냄새 풀어지는 어느 따뜻한 저녁 속으로
돌아갔을 때 있었을지도 모른다
살 부비며 둘러앉은 삶이
두런거리는 불빛을 내걸고 기다렸을지도 모른다

마침내 더 이상 끌고 다니지 못할 만큼
삶이 무거워질 때
진눈깨비 날리는 육교 아래나
오후의 공원 귀퉁이 얼어버린 그늘에 누워 있는 길
제 무게를 힘겹게 지탱하던
지상에 없는 길, 뚝뚝 부러지는 소리 들린다

양재동, 오전 10시

흐린 하늘을 비집고
한 줌의 햇빛이 빠져나온다

골목의 끝자락엔
백일홍 고목이 을씨년스럽게 서 있다
낡고 헐거워진
늦겨울 바람이 가지를 흔든다

두꺼운 성경책을 끼고
노인은 한 번도 고개를 들지 않는다
단단히 굳은 발자국들이 그 뒤를 따라간다

골목은 되새김질하듯
사람들을 뱉어낸다
어디선가 날아온 종소리가
붉은 벽돌 담장에 부딪혀 떨어진다
삶은 그저 아무렇게나 쌓여가고
고통스런 기억들은 먼지처럼 가라앉는다

창문을 닫고

블라인드를 내린다
이렇게 많은 시간이 흘러갔다고 믿는다

夜景

산기슭에 매달린
십자가의 수를 헤아린다
빽빽한 불빛 사이
붉은 십자가들
모종의 신념처럼
그것들은 꿈쩍도 하지 않는다

아우성치는 저 불빛들

장마

이 한낮의 어둠이 겉옷 같은 것이리라 믿고 싶다 무
사하다는 것이 고마운 일인 것처럼 조간 신문의 틈새
로 기어나오는 눅눅한 사건들 모든 특종의 조짐은 우
리들의 목구멍에 밥알처럼 걸려 있다 밤낮없이 쏟아지
는 빗물이 일상이 되어 있듯이 어쩌다 푸른 정맥이 비
치는 햇살이 언뜻 내리는 날엔 설레임도 가늘게 목울
대를 울릴까 남루한 겉옷을 벗듯 맑은 아침이 오리라
웅크렸던 마음에 풀리던 빗줄기 소근거리며 멀어지고
마른 담장에 널린 이불처럼 지난날의 소문들을 걷어내
는 세상 희망은 무지개처럼 놀랍게 이루어지리니 이
한낮의 어둠이 우리를 감싸며 키우는 것이리라 믿고
싶다

토종닭

모란 장터 골목길에선
때도 없이 목쉰 울음에 꺾이는
토종닭의 푸덕임과 마주쳐야 한다
중복 지나 말복으로 넘어가는 길목
한솥 백숙으로 끓어오르거나
생닭으로 팔려나가기 위하여
수시로 털 뽑히는 숨가쁜 눈동자와
얼굴을 맞대야 한다

어느 산골 미명의 골짜기를 깨우며
건강한 날갯짓으로 활기차기도 하였을
지난날을 그리워할 겨를도 없이
바쁘게 잘려나가는 한 시절
끓는 물에 벗겨진 맨몸의 기억이
바람결의 깃털처럼 가볍기만 하다
아직 펄떡이는 그리움이 남았거든
목쉰 울음이라도 핏기가 돌까

허리 숙여 맞아줄 맑은 새벽과
생목들의 그렁그렁한 울림도 없는 세상

철망에 부리를 박고
지나온 내력을 몸 안에 가둔다
더 이상 마음 둘 곳 없는
막다른 길목의 막막함마저
거두어들이는 재빠른 손놀림
잘려진 사연들이 홰를 치며 튀어올라도
저 무심한 결별을 탓하지 않는다

푸른 저녁

저녁 한때의 바람이 구름을 몰고 간다
굴뚝 사이 번지는 하늘이
전혀 다른 표정으로 흔들리는
그 순간, 지상의 나무들은 일제히
어둔 길들을 풀어놓는다
갑자기 세상은 부풀고
길들은 검은 구름으로 가득 채워진다

흩어진 구름 사이로
몰려나온 발자국들이 구름을 뱉어낸다
지나온 길들이 단단한 어둠의 입자들로 채워지는
그 순간을 나는 추억이라 부르리
언젠가 나에게도
웅크린 나무들이 중얼거리는
낯선 말들에 귀기울이던 시절이 있었다

그리고 나는 본다
저녁의 수런거리는 거리에서
뿔뿔이 흩어져가는 그들의 뒷모습이
모퉁이에 걸리고 어둠에 잘린다

검은 지붕들이 땅 밑으로 가라앉는다
낯설지 않은 세상이여
나는 더 이상 의문을 품지 않는다

옛 집터

1

뒤뜰은 온통 무밭이었다
무채색 꿈이 무 뿌리처럼 쉽게 뽑혀나갔다
아무도 주목하지 않았던 삶 속으로
석탄 열차가 하루 종일 기적을 울리며 지나갔다
시멘트 포대와 원목이 쌓인 철길 너머
먼지를 적시며 하루 해가 저물었다
돌아갈 곳이 없어도 돌아가고 싶지 않았던
그 시간의 틈새에 유리 조각처럼 박혀 있는 순간들
무밭 가득 흰 서리가 내리면
먼 종소리처럼 바람소리가 밀려왔다
뒤엉킨 소음을 뱉어내던 해거름의 골목
방죽의 갈대들은 갈 곳 없는 연인들을 품고
온몸으로 마른 울음을 건져올렸다
깨진 유리창 덜컹이는 경계에서
더럽혀진 무수한 생애를 엿보며 흘려버린 순간들
잊기 위해 무엇이든 지나쳐왔다

2

노을이 지네 아무도 없는 저 길
바람이 부네 바람이 끌고 가는, 텅 빈 저녁

흙

    퇴근 길 바람은 마른 입술처럼 거칠다 목을 꺾은 포
크레인이 땅을 헤집고 파인 흙들은 덩어리져 있다 그
들이 품어온 뿌리의 기억들, 어린 나무들의 근심 어린
눈빛을 세상은 함부로 잊곤 하지만 굳은 흙은 상처에
민감한 법, 포크레인의 날카로운 이빨로도 들추지 못
할 內省의 한 시절이 있는 것이다 퇴근 길 바람은 발
목에 감기고 공사장 여윈 철근 사이로 옅은 어둠이 수
런거린다 발자국들 바쁘게 흘러가고 거친 물줄기가 휘
몰아친다 앙다문 입술이 어둠 속 선명하다

산수유 지는 날

낯선 새들이 힘껏 길을 뚫고 있었다
누군가 몰래 한 줌의 뼈를 뿌리고
낮술에 취한 사내들은 서로 멱살을 움켜잡았다
움트는 마른 나무들
다시 점령군처럼 북진하는
길목마다 매달린 간판들이 덜그럭거렸다
흉터와 욕설과 사랑이 난분분 흩날리는 땅
가지친 나무들 팔다리의 통증이
뿌리까지 울렸다 이따금
떨어져나간 조각 구름이 지상으로 밀려왔다.
아픈 발목을 절뚝거리며 돌아오는 새들
어느 먼 나라에서 울리는
내전의 총성이 저녁의 꽃잎 속으로 날아와 박혔다
세상의 엷은 허물들 흐느적거릴 무렵
저린 날개를 접고 새들은 어두운 집을 품었다
모두가 되돌아 걷고 있었다
꽃나무 긴 그림자들이
저물어가는 세상 밖으로 자꾸 비어나갔다

비 그친 오후

1

성천의 李箱을 생각한다
눈부셔 저 하늘 마주보지 못하고
유리창마다 퍼진 햇살이 뚝뚝 끊어진다
보이는 것은 모두 움직이지 않는다
나를 버리지 못한다면
빈 하늘 피뢰침처럼 말라갈 것이다
아무것도 기억하지 않는 사월의 나무들
길들은 한 방향으로 줄곧 뻗어 있다
벚꽃 잎 흩어진 벽돌담 아래
긴 그늘이 침울한 기억들을 뱉어낸다
햇살은 저리도 눈부신데
유리창을 뚫고 은가루처럼 날리는데
여전히 뜬소문만 떠도는
재개발 공장 지대 빈 마당이 낯설다

2

날개를 접는 새털구름
한 무더기 검붉은 각혈을 뱉는다

전신주

그들은 나무보다 더욱 외롭다
수맥을 짚어 자라지도 못하는
그들은 나무보다 거친 기억을 갖고 있다
뒤틀림이 자유의 다른 이름이라고
나무의 아름다움과
민감한 정신이 빛날 때마다
비늘처럼 일어서는 푸른 욕망들

이 삭막한 겨울 들판엔
얼마나 많은 구멍이 숨쉬고 있는 걸까
나무들의 희망이 땅 밑으로 자라고
서로의 발가락을 더듬어
은밀한 속삭임을 주고받을 때
그들이 베어내는 녹슨 기억들은
땅 위에서 부슬부슬 흩어지곤 한다

기다림의 그 깊은 통로를
그들은 오래도록 서성여온 것이다
어쩌지 못할 간격으로 세상이
결박되어 있음을

마주선 오랜 세월이 증명하고 있다

그들은 나무보다 더욱 외롭다
나무보다 쓸쓸하고 나무보다 가볍다
맨살의 고단함이 직립으로 버티는
밤에도 그들은 잠들지 못한다
바람이 끌고 가는 무수한 길을 따라
누군가 마른 꿈을 날려보낼 뿐
그들은 나무보다 쉽게 쓰러진다

선인장

선인장이 사막 식물이란 것은 누구나 알고 있지만
선인장이 또한 목마른 식물이란 것은 아무도 모른다
목마른 것들은 모두 거칠어진다 내심 감추어둔 열망이
깊을수록 온몸의 가시는 무성해지는 법 마른 목구멍의
갈라지는 틈새는 뜨거웠던 세월의 흔적인 것이다 기실
모래 바람 자욱한 세월 속에선 속으로 키워야 할 것들
이 얼마나 많은가 선인장이 붉은 꽃잎을 피우기 위하
여 얼마나 많은 갈증을 참아야 하는지 사람들은 도무
지 이해하려 들지 않는다 그 향기가 세상을 진동하려
면 몇백 번의 불면의 밤을 지새워야 하는지

내 동료 K 선생

바르게 사는 일이 찬밥인 세상에서
그는 기꺼이 찬밥을 택했다
나는 아무래도 찬밥이고 싶지 않아서
목구멍에 걸린 밥알을 애써 삼키며 살지만
그는 찬밥도 거침없이 삼킨다
무엇인가 한 가지라도
지키면서 사는 일이 어디 쉬운가
상한 밥알까지
우적우적 먹어치우는 세상 앞에서
기꺼이 찬밥이 되는 일이 어디 쉬운가

사는 길은 셋뿐이다
상한 밥알까지 먹어치우며 살거나
목구멍에 밥알을 걸고 살거나
기꺼이 찬밥이 되는 것이다
바르게 살려면 찬밥이 되어야 하고
찬밥이 되지 않으려면
목구멍에 밥알을 걸고 살거나
상한 밥알까지 먹어치워야 한다 나는
목구멍의 밥알 선생이고 그는 찬밥 선생이다

落果

견딜 수 없을 때까지 기다렸으리
한없는 무게를 채워
더 이상 붙잡지 못할 흔들림
썩은 살갗 속에서도 씨앗은 움트리
도려낸 기억 속에서조차
짓물러진 발자국을 들춰낼 수 있으리니
흠집 없는 영혼이 어디 있으리
세상이 얼마나 많은 상처를 품고 있는지
흙바닥 뒹굴어보면 알겠네
떨어져서도 놓지 못한 이름이여
남김없이 비워버리면
세상의 길들 받아들일 수 있을까
흔들리지 않는 꿈의 뿌리들
다시 몇 겹의 흙먼지 덮고 부화될 수 있을까
견딜 수 없을 때까지 기다려야 하리

트레일러에게 바란다

누군가 끌어주지 않으면 그대는
속절없이 늙어간다 세상 깊은 골짜기를
헤쳐나가지 못한다
튀밥처럼 부푼 빈속을
누군가 채워주지 않으면
퉁퉁 울리는 검은 입을 다물지 못한다

일렬 종대 세상은 줄 맞추어 흘러가고
거침없이 녹슨 기억들을 잘라버린다
세상은 단호하고 그만큼의 격랑이 있다
바쁘게 굴러가는 세상의 모든 것들은
쿵쿵 울리는 심장을 갖고 있다

그 무엇도 될 수 없다면
구를 수 없는 바퀴처럼 쓸모 없는 생각들만
깊어지는 것, 발 헛디뎌 쉽게 쓸려가버리기도 하는
길 위에서 그대는
그 무엇을 꿈꾼 적이 있는가
기운차게 홀로 마주선 적 있는가
한 번이라도 스스로 꿈틀거린 적 있는가

雨期

고로쇠나무 언덕 하루 종일 비가 내린다
젖은 지붕들이 나뭇잎 틈새 검은 구름에 잠길 무렵
누군가 산길을 걷는다 재빨리 지워지는
슬픔의 단서, 우기의 한낮은 검은 장막과 같다
사람들은 느릿느릿 물렁거리는 어둠 속을 빠져나온다
공원의 길들이 지상에서 떠다닌다
젖은 날개를 품고 그들은 중얼거린다
빗소리처럼 뒤섞인 알 수 없는 문장들이 쏟아져
내린다 아무런 의심도 없이
사람들은 무거운 추억을 짊어지고 걷는다
비에 젖은 가로수들은 쉽게 어리둥절해진다
축축한 생각들은 그러나 서로에게 은밀히 스며든다
새들이 눅눅한 깃털을 힘껏 움츠린다 꿈을 버려야
저 어두운 구름 속으로 날아오를 수 있다
누군가 갈라진 음성으로 고함을 내뱉는다
몸에서 흘러나온 낯선 눈빛들이
우연히 마주치고 서둘러 길들은 몇 개의 상처를 여
민다
더 무거운 추억을 위해 세상은 녹슨 문을 닫는다
까닭 없이 우울해진 사내들이

취기에 비틀거리는 발자국을 끌며 골목 끝으로 사
라진다
집 밖으로 비어져나온 나무들이 우두커니 바라본다
누군가의 더럽혀진 삶이 난폭한 강으로 몰려간다

창고

타자기의 두꺼운 먼지 속엔
목울대를 거세당한 새들이 죽어 있다

아무도 열어보지 않는 창고엔
침묵을 뱉어내는 커다란 거미가 있을 것이다
빈 상자와 함부로 내버려진 스티로폼과
기다림을 뜯어먹으며 사는
비대해진 거미들이 움츠리고 있을 것이다

창고는 다시 말할 수 없는 것들이
껍질만 남아 말라가는 곳이다
어딘가 성치 않은 고단한 육신들이
더러는 녹슨 관절을 함부로 꺾이운 채
뒤엉켜 조금씩 잊혀져가는 곳이다

한곳에 붙박여 오래 살다 보면
누구나 잡동사니 처박힌 창고를 갖게 된다
그것은 마음의 한구석을 은밀히 점령하고
버릴 수도 사용할 수도 없는 숱한 기억들을
침묵 속에 가둬두게 마련이다

창고는 어디에나 있으며
낡은 타자기와 빈 상자의 기억을 담고 있다
비대해진 거미들은 모서리에 들러붙어
침묵의 시간들을 끊임없이 내뱉는다
늙어갈수록 창고는 넓어지리라
쓸모 없어진 기억들은
빈 구석에 함부로 쌓여갈 것이다

늦여름의 길목

김씨는 두 마리 토끼를 기른다
비좁은 토끼장에 매일 풀을 넣으며 그는
무슨 알토란 같은 꿈을 다지는 걸까
오토바이 소리 요란한 최씨 아저씨는
호박을 기른다 누런 호박이 익으면
오토바이 뒷자리에 호박을 싣고 퇴근한다
부서지고 깨진 것들을 고치거나
하루 종일 인쇄기를 돌리는 것이 그들의 일이지만
가끔 술추렴에 붉어진 세월이
발자국처럼 패어 있다 그들에게선
옻닭이나 말벌 같은 말들이
불쑥불쑥 묻어난다 알 수 없는 일이다
들풀 같은 추억은 어떻게 숨쉬는 걸까
막혀버린 우물처럼 이미 지나가버린
빛 바랜 한 시절은 어떻게 싹을 틔우는가
싸움닭 같은 벼슬을 세우지 않고
어떻게 이 도시를 견뎌낼 수 있단 말인가
가는 비 흩뿌리는 늦여름의 길목,
김씨는 용접 불꽃을 튀기며 떨어진 철문을 고친다
따지 않은 호박이 난간에 걸려 있다

토끼장 속 토끼를 가만 들여다본다
붉고 순한 눈동자가 빤히 마주 바라본다

담

담이 무너지자 세상이 열렸다
수많은 새들 머리를 짓찧었지만
세월이 풍화시킨 늙고 완강한 담
어느 날 그 담은 한 순간에 무너졌다
담이 무너지자
바람이 쏟아져나왔고
오랜 세월 고여 있던 그늘이 흩어졌다

조짐이 없었던 것은 아니다
붉은 벽돌 사이 균열은 깊어지고
아이들은 못을 갈아 틈새를 파헤쳤다
완고한 노인들은 위험을 경고했다
대대적인 보수 공사가 시작되었고
틈새는 시멘트로 덕지덕지 메워졌다
메워진 틈새는 단단하게 굳어갔다
아무도 그렇게 갑자기
담이 무너지리라 생각하지 않았다

희생이 없었던 것도 아니다
지나가던 늙은 사내는 발목이 부러졌고

어린 나무 몇 그루가 깔려버렸다
부서진 벽돌 조각을 치웠을 때
짓이겨진 들풀들이 뿌리를 드러냈다
그러나 담이 무너지자
세상의 안과 밖이 사라져버렸다

枯木

한 번도 걸은 적 없지만
그는 모든 삶을 경험했다
축축한 어둠을 덮으며
길들은 그의 내부로 밀려왔다
그는 낱낱이 기억한다
세상의 뿌리마다
잊혀진 죽음들이 달라붙어 있다

얼마나 많은 길을 숨기고 있는지
스쳐가는 새들은 모르리
사나운 바람이 몰려가고
갈라진 살갗이 낯선 신음을 흘릴 때
내부에서 울리는
둥글고 단단한 소리들
상처만이 마음에 길을 만든다

그는 낱낱이 기억한다
추억은 어둠 속에서 선명해진다
비워낸 자리마다
누군가의 발자국이 쌓여가고

그때마다 새들은 둥지를 허문다
한 번도 걸은 적 없지만
그는 모든 길들을 품고 있다

낙타의 길

거기에선 아주 느리게 걷자
모래 바람 비껴갈 때 꿈벅거리는 눈
감았다 뜨면 보이리
사는 것이 이렇게 흠집투성이구나

먼 하늘 별들이 돋으면
오래 멈춰 서서 생각 깊게 바라보자

너덜거리는 시간이
긴 그림자를 끌며 지나도
가뭇없이 멀어지는 것들을 꿈꾸지 말자

사는 것이 모래 벌판에
길을 다지는 일이지
보이는 것이 모두 마음의 굴절이었구나

함부로 흘러나간 삶을
거짓처럼 사라진
물길 같은 것이라고 생각하자

거기에선 아주 느리게 걷자
마른 나무 그늘 목을 축일 때면
짓물러진 발자국이라도 가만히 짚어보자

移葬

버려진 우물처럼 관을 파낸 자리엔
흙탕물이 고여 있었다
십 년이 넘도록 썩지 못한 관
살아생전 다하지 못한 말은
쉴새없이 흘러 이승을 떠돌았으리

어머니가 돌아가시고
비로소 그는 이장을 결심했다
양지녘 어머니 묏자리에 합장을 하기로 했다
거칠어진 그의 삶이 흙탕물에 비쳤다
그의 막내동생 헝클어진 삶도
속속들이 비쳐 보였다
문신과 칼자국의 그의 친구들이
물이 뚝뚝 흐르는 아버지의 관을 날랐다
뜨거운 햇빛 속
벗어제친 어깨 위로 땀방울이 일어섰다

관 위에 흙을 깔고 꾹꾹 눌러 다지면
그의 남은 삶도 그렇게 다져질까
저 늙은 적송처럼 뿌리내릴까

붉게 돋은 봉분 너머
들썩이던 나뭇잎들이 햇살을 털어낸다

오래된 것들은

오래된 것들은 모두 삐걱거린다
십 년 전 시계는 느리거나 너무 빠르다
낡은 안경은 나사가 풀리고
조여도 자꾸 헐거워진다
시간은 마모되고 어긋난 것들을 키운다

오래된 것들을 더듬어보는 일은
세월에 깃들인 발자국을 되짚어 걷는 것이다
한발 한발 걷다 보면
여미어진 사연들도 옷고름을 풀겠지만
통증도 없는 아픔이 만져지는 것이다

칼처럼 벼려지지 않는 무딘 날을
어쩌겠는가 이미 굳어버린 기억을
그토록 무겁게 품어왔으니
조여지지 않는 꿈들을 어쩌겠는가

그러니 오래된 것들은
무수히 긁힌 상처를 살갗으로 받아들인다
십 년 전 시계는 알람 소리도 울리지 않고

낡은 안경은 다리가 흔들거려도
닳고 닳은 모서리로 살아간다

못을 박으며

몸으로 세월을 바꾸는 일은 쉽지 않다
온몸을 다해서 구부러지기도 하며
쿵쿵 세상을 울리는 일은

녹슬어가는 지난 세월을 두드리다 보면
만만한 것은 하나도 없다

영안실에서

낯선 얼굴들
한 장 사진으로 걸려 있다
칸칸이 서로 다른 사연을 짊어지고
여기서 만났구나

새벽 네시
문상객들마저 지친 시간
파리한 불빛이 길 하나를 만든다

마침내 떠나는구나
2호실, 눈 주름 깊은 할머니
3호실, 아직도 웃고 있는 여자 아이
6호실, 꾹 다문 입술 완강한 사내

휴일

화면 가득
푸르른 초원이 펼쳐진다
하이에나의 공격에 지친
버펄로 한 마리가 쓰러지고 있다
클로즈업된 무심한 눈동자
핏빛 살점을 문
하이에나가 어슬렁거리며
화면 귀퉁이로 사라진다

일요일 오후, 찌개가 끓고 있다
아내는 빨래를 접고
아이는 레고를 맞춘다
나른한 가을 햇살이
우물처럼 베란다에 고여 있다
소파에 길게 누워
사라지는 하이에나의
무심한 뒷모습을 바라본다

상동 시장 지나며

부글거리며 게거품이 올라온다
한숨쉬듯 터지는 물방울들
발자국 길어지는 늦은 저녁
혼몽히 떠돌던
저녁의 공기들이 골목 가득 부푼다
눅눅한 생활이 좌판마다 널려
양은솥 순대처럼 김을 뿜어낸다
내려앉는 어둠이
국밥집 문전 기웃거린다
토막난 갈치처럼
상하기 쉬운 믿음이여
발자국들이 끌고 온 기억들이 붐비고
질척이며 뒤엉키는 웅성거림
부지런한 바람이
천막 위 고인 물을 털어낸다

손풍금

사내는 이제 노래를 부르지 않는다
철 지난 옷을 팔거나 강장제 따위를 늘어놓고
먼지 속 사내는 물끄러미 바라본다
구겨진 전단지가 날아오르고
팽팽한 현수막이 눈썹을 부풀린다
바람 속에는 황사가 눈곱처럼 끼어 있다
언제였던가 그 시절, 사내의 레퍼토리는
다채로웠으며 손풍금은 멀리멀리 울려퍼졌다
사내가 마지막으로 구슬프게 불러제낀
목쉰 노랫소리 기억도 나지 않는다 손풍금은
뿌연 먼지를 쓰고 아무렇게나 내팽개쳐졌다
사내가 고물 트럭에 싣고 다니는 것들은
철 따라 민감하게 바뀌어갔지만
손풍금은 그렇게 세상을 견디고 있는 것이다
사내는 이제 노래를 부르지 않는다
손때 묻은 손풍금이 그 시절을 증명할 뿐이다
손풍금의 쭈그러든 주름 상자 속
사내의 노랫가락이 가득 담겨 있는지도 모른다
그 속엔 사내의 먼지 자욱한 삶도
굵은 주름마다 겹겹이 배어 있을 것이다

먼 훗날, 손풍금을 울려본다면
황성 옛터나 번지 없는 주막이 스며나오고
사내의 목쉰 삶도 구구절절 배어나올 것이다

물푸레나무의 귀

햇빛 쨍쨍한 날
청계산 기슭 어린 물푸레나무
새끼줄 꼰 몸을 한껏 뒤틉니다
첫 겨울 다 보내고
한결 단단해진 발바닥에 물올라
가려웁다고 발가락을 꼼지락거립니다
마주서 한참 바라보자니
살갗에 파인 귀도 쫑긋거리데요
그러고 보니 어느새
얼음장 풀리는 소리 들려옵니다
언 바닥을 비집고
몸 속에 내린 귀뿌리
실어나른 소리들이 발톱 밑까지 적십니다
저 어린것도 욱신거리며 견뎌온 날들
날 푸른 입김들이
씩씩거리며 지나갑니다

나에겐 아직

사람에 대해 따뜻했던 적
아직 그리 멀지 않다 나에게 머물렀던
사람의 흔적 가슴을 긋기도 한다

버리지 못한 것들 덜그럭거린다
찌그러진 잡동사니들
거추장스러울 때도 있지만
흠집 없이 사는 일을 바랐던 것은 아니다

굳은살 박인 발바닥이
나에게 남긴 많은 주름을 뒤적일 때도 있다
그곳에선 뭉게구름과
박하 사탕의 향과
찌든 담배 냄새가 쏟아져나오기도 한다

달라진 것도 달라져야
할 것들도 매듭처럼 묶여 있다
그것들을 사랑한다 아니 아직 지겨워한다

살아서 이루지 못했던 것들이
마지막까지 나를 견디게 해줄 것임을 믿는다

의정부행 1호선

막차에 몸을 싣는다
눅눅한 냄새와 찢어진 전단 사이
뜯겨나간 어둠이 간간이 떠다닌다
흔들리는 어깨를 추스릴 때마다
검버섯 핀 꿈들이 깨어난다

빈 좌석에 한 사내가 쓰러져 뒹군다
사내의 넥타이에 밥알이 묻어 있다
간간이 사내가 욕설을 중얼거린다
사내의 증오는 습관일 것이다
삶이 너무 진부한 탓이다

사내는 아마 종점까지 갈 것이다
낯선 곳에 부려진 자신의 증오가
얼마나 부담스러운지 깨닫게 될지도 모른다
삶은 적당히 불행하고
만취한 혈관 속으로 미세한 뿌리를 내린다

바퀴 소리에 귀를 기울인다
금속성의 어둠이 뭉개지는 것이 느껴진다

굳게 여민 입술들이 흔들린다
버리지 못할 어두운 기억들이란
흔들릴 때마다 침전물처럼 떠오르는 것이다
쓴 물을 토해내며 사내가 몸을 뒤튼다

복락 교회

좁은 마당 잎사귀 떨궈버린
은행나무 한 그루 흐린 하늘을 짊어진다
떨어져나간 시멘트 벽 틈새
고단하고 느린 찬송가 소리 스며나올까
늦가을 검은 구름이 걸터앉은
낮고 뾰족한 첨탑 밑
언젠가 까치 한 마리 둥지를 틀었다

빈 둥지에 옅은 어둠이 고인다
작은 창문을 적시며
흐릿한 불빛이 마당을 비춘다
추억이란 스러져가는 빈 둥지 같은 것
아이들은 쑥쑥 자라
어느 날 불현듯 떠나버리고
늙은 사내들은 담배꽁초를 씹으며
좁은 마당을 서성거린다

얼마나 많은 꿈들이
간절한 침묵 속으로 잠겨갔을까
나무 의자 삐걱이고 풍금 소리 퍼져가는

저녁이면 빈 들녘으로
살갗 거친 바람이 몰려다닌다
칠 벗겨진 나무 십자가 넝쿨들이 매달려
마른 잎들을 흔든다

6시 10분 버스

사내의 얼굴이 잠시 흔들린다
거품 사이 어둠이 묻어나는
바다를 향해 무표정한 시선 던지며
사내는 완강히 입을 다문다
허름하고 끈적거리는 바람
끊임없이 차창을 덜컹덜컹 흔든다
어쩌면 가파르게 지나쳐왔을 삶
밭은기침을 쿨럭이며
사내의 어깨가 들썩거린다
망망한 것이 저 바다뿐일까
사내가 두 손 가득 얼굴을 묻는다

희미한 어스름 차창에 번지고
먼 불빛들 마른버짐처럼 푸석거린다
사내의 옆모습이 차창에 새겨진다
포구에 부려진 어수선한 바람
키 작은 나무들이 스쳐지나간다
마음속 들먹거리는 지나간 시간들을
힘겹게 잠재우는 듯
사내의 눈꺼풀이 잠시 떨린다

한 무더기의 쿨럭거리는 소음을 뱉어내며
버스가 길게 커브를 돈다
기울어가는 사내의 몸이 허물어진다

凝視

젖은 유리창이 어두워진다
희미한 얼굴 어른거리고
지나가던 바람이 문을 두드린다
늘어진 나무 사이
좁은 길들이 꿈틀거린다
긴 그림자들이 끌고 가는 거리

여전히 바라보아야 한다
내게서 떨어져나간
저기 저 침묵은 의외로 단단하다

소멸 곧 생성의 길

정과리

녹슬어가는 지난 세월을 두드리다 보면
만만한 것은 하나도 없다   ——「못을 박으며」부분

고창환은 어떤 '이후'에 대해 말한다. 끝난 것, 무너진 것, 사라진 것 등 일체의 활동이 멈추고 난 다음의 후기를 적는다. 그 종말은 자연스런 노쇠 혹은 어떤 열정의 소진이 아니라, 다른 무엇의 번성에 의해서 밀려나고 용도가 폐기되었음을 뜻하는 종말이다. 그것들은 "고층 아파트 하루가 다르게 자라도/잊혀지고 버려진 것들"(p. 39)이다. "고층 아파트"가 지시하고 있듯이, 이 잊혀지고 버려진 것들은 사회적 위상 속의 개념이다. 그것들 혹은 그들은 철거되는 아파트(p. 8), "지하도" 입구의 거지(pp. 10, 50), "막소주"를 먹는 서민(p. 20), 엿장수(p. 28), 목수(p. 34), 삼별초(p. 36), 중고 가구(p. 39), 하수

구 청소부(p. 40), 공원 벤치에 앉아 있는 노인(p. 52), 포크레인이 뿌리를 파헤친 "어린 나무들"(p. 61), "바르게 사는 일이 찬밥인 세상에서" 찬밥된 "K 선생"(p. 67), 토끼를 기르고 호박을 키우는 김씨, 최씨 등의 장삼이사들(p. 74), 떠돌이 악사(p. 90) 등이다. 이 인물들은 대체로 사회적 주변인들이고 혹은 일탈자들이다. 그런 점에서 시인은 사회적 환경에 대한 항변을 속 깊이 감추고 있다. 버림받는 자들을 만드는 사회, 일탈자, 떠돌이, 노숙자들을 만드는 사회에 대한 항변 말이다.

그러나, "감추고 있다"라는 표현은 문자 그대로의 의미를 가진다. 즉, 시인은 그의 사회적 인식을 표내지 않고 감춘다. 그것을 그의 시 「대포항 근황」을 통해 알아볼 수 있다.

청봉보다 높은 파도가 허리를 편다
발이 묶인 목선이 목을 빼고 바라보는
설악은 가을비에 맨몸으로 잠겨 있다
긴 여행에서 돌아와 정박중인 갈매기들이
저녁 하늘에 부리를 꽂고
끼룩끼룩 부푼 모험담을 풀어놓는데
횟집 좌판에서 비린 바람이 뼈째 썰린다
여기 퍼질러 앉아 쥐치나 씹으며
막소주 한 사발에 취해볼거나
할말이 많은 듯 입술을 들썩이는
불빛 몇 개가 바다로 떨어진다
막무가내 파도는 삼킬 것을 찾아

102

빗발에 젖은 목젖을 세우지만
오늘은 횟감처럼 가련한 삶에 지친
사람들이 모여드는 대포항 저물 무렵
청봉은 말없이 뿌리까지 젖는다
빗발은 미시령에서 폭설로 차오르고
회뿌연 늦가을 설악이 지워질 듯
어둠이 바다에서 느리게 걸어온다
이제 산길 뱃길 모든 소식이 끊기고 나면
모두가 한 마리 갈매기를 꿈꾸며
얼큰해진 날개라도 구깃구깃 펼 것인가
청봉이 취하고 바다가 취하고 만취한 대포항이
건들건들 파도에 흔들릴 때까지
퍼질러 앉아 길 뚫릴 날이나 기다릴거나
설악이라도 삼킬 듯 파도가 높다

　이 시는 신경림의 「농무」와 「겨울밤」의 영향을 강하게
받은 시이다. 일터 주변의 이야기판이라는 정황, 가난한
사람들의 서러운 인생살이에 대한 묘사, "막소주 한 사
발에 취해볼거나" 같은 가볍게 충동적인 들썩임 등은 그
대로 신경림의 초기 시들을 빼닮았다. 그러나, 신경림이
그의 사회적 인식을 여과 없이 그대로 밀고 나가 "눈이
여 쌓여/지붕을 덮어다오 우리를 파묻어다오"(「겨울밤」)
와 같은 외침을 통해, 혹은 "쇠전을 거쳐 도수장 앞에
와 돌 때/우리는 점점 신명이 난다/한 다리를 들고 날나
리를 불거나/고갯짓을 하고 어깨를 흔들거나"(「농무」)와
같은 도취를 통해 삶의 설움과 강하게 대결하려는 의지

를 보이는 데 비해, 고창환의 시는 그렇지 않다. 그의
인물은 "모두가 한 마리 갈매기를 꿈꾸며"에서 보이듯
집단적 호소를 노리지 않고 개인화되며, 그 개인화를 통
해서 "설악이라도 삼킬 듯 파도가 높다"에서 보이듯 상
황 속에 슬그머니 자신을 감춘다.

　고창환의 이러한 태도는 그러나 도피나 체념이 아니
다. 오히려 그는 선배 시인의 저 외침과 도취가 그대로
개인화되고 마는 역설을 인식하고 있는 듯하다. 저 외침
은 실은 봉놋방, 선술집에 갇혀 있는 웅크린 외침이며,
저 도취는 그 웅크린 외침의 통곡과도 같은 것이어서,
이 세상의 "가설 무대"인 "텅 빈 운동장"에서 나와 실
세상으로 나아갈지라도, "쇠전을 거쳐 도수장 앞"(「농
무」)에까지만 겨우 갈 수 있기 때문이다. 그는 "산길 뱃
길 모든 소식이 끊"긴 곳에 갇혀 있다고 생각하고, 갈매
기로 날고자 하나 날개를 가지고 기껏 할 수 있는 일은
"구깃구깃 펴"는 데까지이다. 본래 '구깃구깃'은 무엇을
함부로 접는 모양의 의태어이다. 그것은 펴는 동작이 아
니라 접는 동작이며, 더욱이 마구 접는 동작이다. 그런
데, 그 의태어에 '펴다'라는 동사가 붙은 것은 이 문장이
두 문장의 압축임을 말해준다. 즉, 1) 날개는 구깃구깃
구겨져 있다; 2) 나는 구겨진 날개를 펴려고 한다, 라는
두 문장이 심층 문장이다. 그런데 그것을 압축함으로써
펴는 동작의 모양이 날아가버린다. 그리고 남는 것은,
날개를 펴는 동작 자체가 마구 구겨진 모양으로 표현된
다는 것, 펴려 할수록 더 구겨지기만 하는 그런 상태로
나타난다는 것이다.

　　그러니까, 고창환의 상황 인식은 선배 시인의 그것보
다 더 암담하다고 할 수 있다. 그의 시의 인물들은 집단
으로 모여 있을 때에도 결코 집단화되지 않는다. 그에게
는 신경림이 "따라 붙어 악을 쓰는 건 쪼무래기들뿐"이
라고 푸념할 때의 그 "쪼무래기들"도 없다.

　　이 이중적 존재들, 표지로서는 사회적 존재이지만 행
위로서는 고립된 개인적 존재들은 그러나 그렇게 "횟감
처럼 가련한 삶에 지"친 상태로 남아 있지는 못한다. 존
재는 곧 운동이기 때문에 그들도 무엇인가 한다. 존재는
운동이라는 것은 살아 있는 자는 항상 세상에 대해 저항
한다는 뜻을 그대로 가리키지 않는다. 오히려 현실이 그
에게 살아 있는 한 꿈틀거리게 하기 때문에 존재는 운동
인 것이다. 그러나, 이 진술은 너무 일반적이거나 관념
적이다. 시인은

> 일렬 종대 세상은 줄 맞추어 흘러가고
> 거침없이 녹슨 기억들을 잘라버린다
> 　　　　　　　─「트레일러에게 바란다」 부분

고 말하고 있지 않은가? 그러니까, 버림받음 혹은 밀려
남은 완벽한 '잘림'이다. 그 잘린 존재, 철저히 고립된
존재가 현실에 대해 어떻게 작용(운동)할 수 있단 말인
가? 그러나, 그럼에도 불구하고 주체는 운동한다. 보라,

> 흉흉한 소문이 낡은 난간마다 삐걱거린다

더 어두운 추억의 날들이 시작되리라고

—「공우 아파트」 부분

혹은

길은 언제나
살갗을 파고든다   —「길」 부분

는 것들을 그는 듣고 느끼고 있지 않는가? 이 소문이며 통증은 현실 그 자체가 준 충격은 아니다. 소문과 길은 대타적 정황으로서의 현실이라기보다 그에 대한 반응이다. 이 반응은 시의 인물, 개인화되고 고립화된 인물들의 반응은 아니다. 소문 혹은 길은 세상 그 자체도 아니며 동시에 고립된 존재도 아니다. 그런데 이것들은 그대로 하나의 작동이다. 그것이 시의 인물 혹은 화자에게 불안과 고통을 주고 있으니 말이다.

따라서, 현실과 인물 사이에 단절 혹은 고립화가 있다는 앞서의 말은 섬세히 교정되어야 한다. 고창환 시의 주체는 둘이 아니라 셋이다. 현실(사회적 상황)이 그 하나라면, 용도 폐기된(개인화된) 소외자들이 그 둘이며, 이 둘 사이를 흐르는 어떤 집단적 움직임의 행위 주체가 그 셋이다. 그 행위 주체가 분명히 있다는 것은 조금 전에 읽은 시구, 「트레일러에게 바란다」의 두 행에 이어지는 시행을 보는 것만으로 충분하다.

세상은 단호하고 그만큼의 격랑이 있다

바쁘게 굴러가는 세상의 모든 것들은
쿵쿵 울리는 심장을 갖고 있다

　인용문의 첫 행에서의 "세상"의 단호함은 그것이 낙오
된 자들("녹슨 기억들")을 가차없이 잘라내기 때문이다.
그러나, 그 잘라냄에는 "그만큼의 격랑이 있다." 세상은
오로지 무차별한 진행을 행하는 듯이 보이지만 그러나
그것 역시 "쿵쿵 울리는 심장을 갖고" 있는 것이다.
　여기에서 세상은 이질성으로부터 동질성으로 슬그머니
변위한다. 이 세상에 버림받은 자가 있다. 그런데, 그런
존재가 있다면, 이 세상 자체가 이미 스스로 버림받고
있기 때문이다. 거꾸로 대입하면, 그 버림받은 존재의
가슴에서 세상에 대한 울분이 끓고 있다면, 세상 자신이
스스로에 대한 분노와 변화에 대한 욕망으로 뒤척이고
있다. 그리고 그렇다면, 이 변용된 세상, 혹은 속내 세
상이 바로 제3의 행동 주체라고 할 수 있을 것이다.
　가장 먼저 읽은 시 「대포항 근황」을 좀더 자세히 읽어
봄으로써 그것을 역시 확인할 수 있다.

　　오늘은 횟감처럼 가련한 삶에 지친
　　사람들이 모여드는 대포항 저물 무렵
　　청봉은 말없이 뿌리까지 젖는다
　　빗발은 미시령에서 폭설로 차오르고
　　희뿌연 늦가을 설악이 지워질 듯
　　어둠이 바다에서 느리게 걸어온다

대포항 저물 무렵에 사람들은 모여든다. 모여든 사람들은 "할말이 많은 듯" 무언가 이야기를 나눌 것이다. 아니면, 막소주라도 '깔' 것이다. 그러나, 사람들 옆에서 "청봉은 말없이 뿌리까지 젖는다." '청봉'도 사람들처럼 세상살이의 신산스러움에 한껏 젖어 있다. 그러나 청봉은 사람들과 달리 말이 없다. "빗발은 미시령에서 폭설로 차오르고"는 청봉의 말없음이 단순히 무감각을 뜻하는 게 아니라 세상에 대한 감정이 안으로 쌓이고 있다는 것을 가리킨다. 그 감정은 그래서 청봉의 "뿌리까지 젖는다." 또한 그래서, 폭설이 차오르는 광경은 곧 "늦가을 설악이 지워질 듯"한 예감을 주지만, 오히려 폭설 안에서 설악은 여전히 더욱 완강히 생존한다. 맨 마지막 시행의

설악이라도 삼킬 듯 파도가 높다

는 폭설과 설악이 서로를 더욱 크게 만든다는 것을 보여준다. 설악이 지워진다면 파도가 여기에 등장할 일이 없었을 것이다. 그러나 지워지지 않기 때문에 파도는 더욱 높아지고, 그 파도의 높아짐에 의해서 어둠에 잠기는 설악의 보이지 않는 크기도 더욱 선명히 부각된다. 폭설이 내리고 바다의 파고가 높아지는 자연의 현상은 세상과 존재자들 사이의 분리와 엉킴을 통해 조용하고 거대한 운동에 대한 의지로 변환된다. 이 과정을 잇고 있는, "어둠이 바다에서 느리게 걸어온다"의 느리게 걸어오는 어둠은 그 운동을 그대로 지시한다.

고창환 시의 알고리즘은 이렇게 정리될 수 있다.

1) 세상/인물의 대립적 인식
2) 세상을 둘로 분리: 인물을 버린 세상/녹슬고 사그
   러드는 세상
3) 두 세상에 형상 부여: 사회적 세상/자연의 두 변별
   세계의 조형
4) 자연을 인물의 생의 에너지로 변환

고창환의 자연은 그러나 원래의 자연, 생래적 자연이
아니다. 그것은 한편으로 버림받음으로써 자발적으로 살
게끔 방치된 자연이고, 다른 한편으로 시인의 의지에 의
해 조형된 자연이다. 그가,

> 사내가 어느 낯선 거리에서
> 그의 마지막 남은 영혼을 던져버린다 해도
> 지문은 남아 그의 생을 기록할 것이다
> 영혼은 저물어가는 공기처럼 가볍게
> 떠나갈지라도 지문은 남아
> 그의 지나간 삶을 남김없이 들춰낼 것이다
> ──「부푼 지문」 부분

에서의 "지문"은 전자의 측면이 강조된 것이며,

> 창틀 구석마다

먼지가 쌓여 있다
먼지 속은 따스하고
애벌레 같은
한 무더기의 꿈이 자란다   ──「길」부분

에서의 "먼지"는 후자의 측면이 강조된 것이다. 그 어느
쪽에 강조를 두든, 이 자연은 후천적 자연이다. 고창환
의 시에서는 자연 다음에 사회가 생겨난 것이 아니라,
사회 다음에 자연이 발생한다. 그 자연은 사회의 "하수
구를 빠져나온"(p. 40) 것들이다. 그럴 수밖에 없는 것은
실은 사회가 이미 자연이 되었기 때문이다. 그리하여 사
회 이외의 어떤 자연이든 모두 사회가 만들어내기 때문
이다. 가령, 보라, "때도 없이 목쉰 울음에 꺾이는/토종
닭"(p. 56)은 지금 어떻게 키워지고 있는가? "화면 가득
〔펼쳐진〕 푸르른 초원"(p. 88)은 어떻게 우리 앞에 전시
되는가?

　어쨌든 이 자연은 고창환의 시에서 새로운 삶의 가능
성을 은근히 품는다. 비록 그것이 우선은 버림받고, 뚝
뚝 끊기고, 녹슬고, 먼지로 쌓일 뿐인데도 말이다. 그
을씨년스런 꼴에도 불구하고 그것은 그의 시의 유일한
생의 원천이며, 그래서 독자는 그것을 '자연'이라는 독
자적인 이름으로 지칭하는 것이다. 도대체 그것이 어떻
게 가능하겠는가? 그 대답을 얻기 위해서는 약간의 우회
가 필요하다.

　버려지고 방치된 것들이 바로 새로운 생의 주체이자
자원이 된다는 것은 한국인의 깊은 집단 무의식을 이루

는 생각 중의 하나이다. 그 생각을 요약하고 있는 것이 '한(恨)'의 개념으로서, 천이두는 원한론(願恨論)을 다루는 절에서 "한국인에게 있어서 한이 많다 하는 경우 그것은 좌절에서 비롯되는 탄(嘆)이나 감(憾)이 많다는 것으로도 되지만, 그 반동으로 꿈이 많다는 것으로도 된다"(『한의 구조 연구』, 문학과지성사, 1993, p. 67)라는 말로 명료하게 그 감정의 동력을 제시하고 있다. 그러나 이 동력의 역학은 이것만으로는 제시되지 않는다. 좌절이 큰 만큼 그 반동으로 꿈이 많다는 것은, 반동을 가능케 하는 매개물, 즉 강력한 탄성체가 존재할 때에만 가능하다. 그 탄성체가 어디에 있는가? 그 물음이 비교적 논리적인 대답을 얻은 것은 80년대의 민중론에서이다. 그 대답은 두 가지로 이루어지는데, 하나는 천이두가 소개하고 있는 "한의 폭발력"으로서 "한은 억압되고 수탈 당하여온 민중의 내면에 쌓인 욕구 불만의 응어리인바, 이 한이 쌓일 때 그 내부에 강력한 에너지가 생긴다"(앞의 책, p. 89)는 것이다. 다른 하나는 이 폭발력에 대한 윤리적 근거로서, 억압받는 자는 그만큼 지배 체제의 악에 물들지 않았다는 피압박자=순수라는 등식이다. 그러나 이 두 가지 대답은 논리적으로나 사실적으로 부정되었다. 논리적으로는 천이두가 역시 적절히 지적하고 있듯이, "내부로부터 분출하는 힘"이 그대로 "사회 개혁의 에너지로 되리라는 보장이 없"(같은 책, p. 93)기 때문이다. 또한 사실적 차원에서 피압박자=순수의 등식은 소박한 생각임이 판명되었다. 지배 이데올로기의 전파력은 너무나 압도적이어서 어느 누구도 그로부터 자유로울 수 없다는, 루카치의 『역사와 계급 의식』 이후 거의 보편화된, 명제에 근거해서도 그럴 뿐 아니라, 1980년대 이후 1987년의 6월 항쟁을 거쳐 1990년대 초엽까지 이어지며 다방면에서 터진 개혁의 움직임들은 투쟁적 지식인들이 꿈꾼 것처럼 정치 투쟁(사회 변혁)으로 발전하지 못하고 인권의 획득이라는 근대적 과제와 집단 이기주의 사이를 왕복했다는 사실에 의해서도 그러하다. 이러한 논리적·사실적 모순을 민중론은 당위(실천 이성)를 추가함으로써 해결하려고 했다. 그 실천 이성의 주입은 사랑의 이념학을 역설하는 것에서부터(고은과 조세희로 대표되는) '당'의 설립을 주창한 극단적인 정치론에 이르기까지 광범위하게 퍼져 있던 일종의 집단적 강박 의식이었다.

그러나 시인은 그렇게 하지 못한다. 시인이 사물의 편이라는 흔한 말의 뜻은 그가 바깥으로부터의 어떤 당위도, 그것이 설혹 사랑이라 할지라도 강요될 수 없다는 것을 알고 있다는 뜻이다(지식 담론의 장에서 그러한 실천 이성에 대한 가장 강력한 비판은 이형의 「한 많은 세상의 한없는 한의 욕망」[『문학과사회』, 1991년 가을]에 의해 제기되었다. 그는 이 당위의 이데올로기로부터 한의 항구화를 꿈꾸는 "한의 사제의 욕망"을 읽어내었다. 또한 김현의 「폭력과 왜곡」[『분석과 해석』, 김현문학전집 7, 문학과지성사, 1992]도 같은 맥락에서 읽힐 수 있는 글이다). 그에게는 '사랑'의 당위를 주입할 것이 아니라, 망가지고 버림받은 생 자체를 보존하는 것이 소중한 것이다. 완전히 망가지고 버림받았을 때에도 생의 복원을 위한 무언가가 남긴 하는가, 남는다면 그것을 어떻게 발굴하고 여하히

키울 것인가가 시인의 관심사인 것이다. 고창환의 자연은 바로 그러한 관심사를 실행하는 하나의 전략적 용어이자, 그가 실제로 관찰한 것을 그대로 기술하는 사실태이다. 그 '자연'은 이제 스스로 자연이 되어버린 사회가 실제 사회에 지나지 않음을 거듭 환기시킨다. 다시 말해, 사회란 인공의 건조물이고 그 이전에 진짜 자연이 있었음을 알리려 하는 것이다. 그의 시에 '틈새'라는 어휘가 그토록 자주 등장하는 것은 그 때문이다. 그 틈새는

> 자꾸 벌어지는 세월의 틈새로
> 주먹만한 꿈들이 빠져나가버린 뒤
>
> ──「공우 아파트」 부분

에서 보이듯 삶의 기운이 새나가는 틈새이면서 동시에,

> 세월이 부식시킨 틈새
> 헐거워진 시멘트와 철근이 갈라서고
> 오래 다물었던
> 소리들이 빠져나온다 ──「균열」 부분

에서처럼 현실의 장벽이 갈라지면서 터져나오는 생존의 목소리이다. 시인은 이 틈새에서 생의 빠져나감(소멸)과 그 빠져나가는 운동을 동시에 본다. 그 이중적 보기는 생의 소멸이 있다는 사실이 그 자체로서, 더 원초적이고 근본적인 생(자연)의 존재를 증거하는 것이 되어, 바로

그로부터 삶의 근거를 얻고자 하는 욕망을 부추긴다. 그래서 시인은, "언뜻 공기의 푸른 틈새로 빠져나오는 저것은/이른 별빛일까"(p. 29)라고 조심스럽게 물어보는 것이다.

그러나 그것만으로 즉 현실(사회)보다 앞서 있는 근본적인 현실(자연)을 확인한다고 해서 그것이 오늘 되살아나리라는 보장은 없다. 시인에게 중요한 것은 그 확인이 아니라, 그 확인에 의해서 얻게 되는 제2의 확인이다. 그 제2의 확인은 바로, 생의 빠져나가기는 원초적 생의 존재를 증명할 뿐만 아니라, 그 생이 운동하고 있다는 것을 증거한다는 것에 대한 확인이다. 즉 소멸과 낡음이 이미 살기 위한 몸짓이다. 따라서 그의 시에 오히려 가장 많이 등장하는 어휘는 '틈새'가 아니라, '빠져나가다'라는 동사이다. 그 예들을 다 열거할 필요는 없으리라. 다만, 그 사정을 가장 명료하게 압축하는 구절을 소개하기로 하자.

> 몸 속을 빠져나온 길을 걷는다
> 제 몸 속에 엉켜 있던 풀리지 않는 길
> 조금씩 비워낸 꿈들이
> 길을 만들고 출렁이는 마음의 이정표를 세운다
> ——「거미가 걷는다」 부분

비로소 이때 시인은 감히 선언한다. "그의 길은 깨진 보도 블록 사이에 있다"(p. 50)라고. 그는 생의 원천(자연)을 발견하되, 그것에 집착하지 않고, 그것을 생의 운

114

동으로 변용시키는 성숙한 태도에 도달한다. 그 성숙한
인식이 말한다.

> 썩지 않는 추억은 이미 길이 아니다
>
> ——「박제된 새는」 부분

  그 썩는 추억을 통해 열리는 길은 그저 희망에 찬 행
진의 길이 아니다. 시인은 그 길이 실은 "삶은 길고 고
단한 꿈이었다"(p. 29)의 길고 고단한 길임을 알고 있다.
그 길고 고단한 길은, "포크레인의 날카로운 이빨로도
들추지 못할 內省의 한 시절"(p. 61), 다시 말해 묵묵히
인고하는 길이다.
  그렇기 때문에 그의 길은 소멸과 신생의 끝없는 순환
적 교대를 되풀이한다. 그 되풀이가 어떻게 진행 혹은
변주될지에 대해서는 아직 그는 면밀히 탐구하고 있지
않다. 그는 '이후'의 발생론까지만 갔으며, '이후'의 현
상학 앞에서 맴돌고 있다. 그것이 그의 다음 작업이 되
리라. ▨